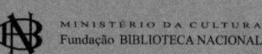

Obra publicada com o apoio do Ministério da Cultura do Brasil
/ Fundação Biblioteca Nacional.
本书出版获得巴西文化部 / 国际图书馆基金会资助，特此鸣谢。

混血儿波尔西翁库拉
如何放下死者

若热·亚马多 著

安德烈斯·桑多瓦尔 绘

玛丽安娜·亚马多·科斯塔、若泽·伊杜阿尔多·阿瓜鲁萨 评

樊星 译

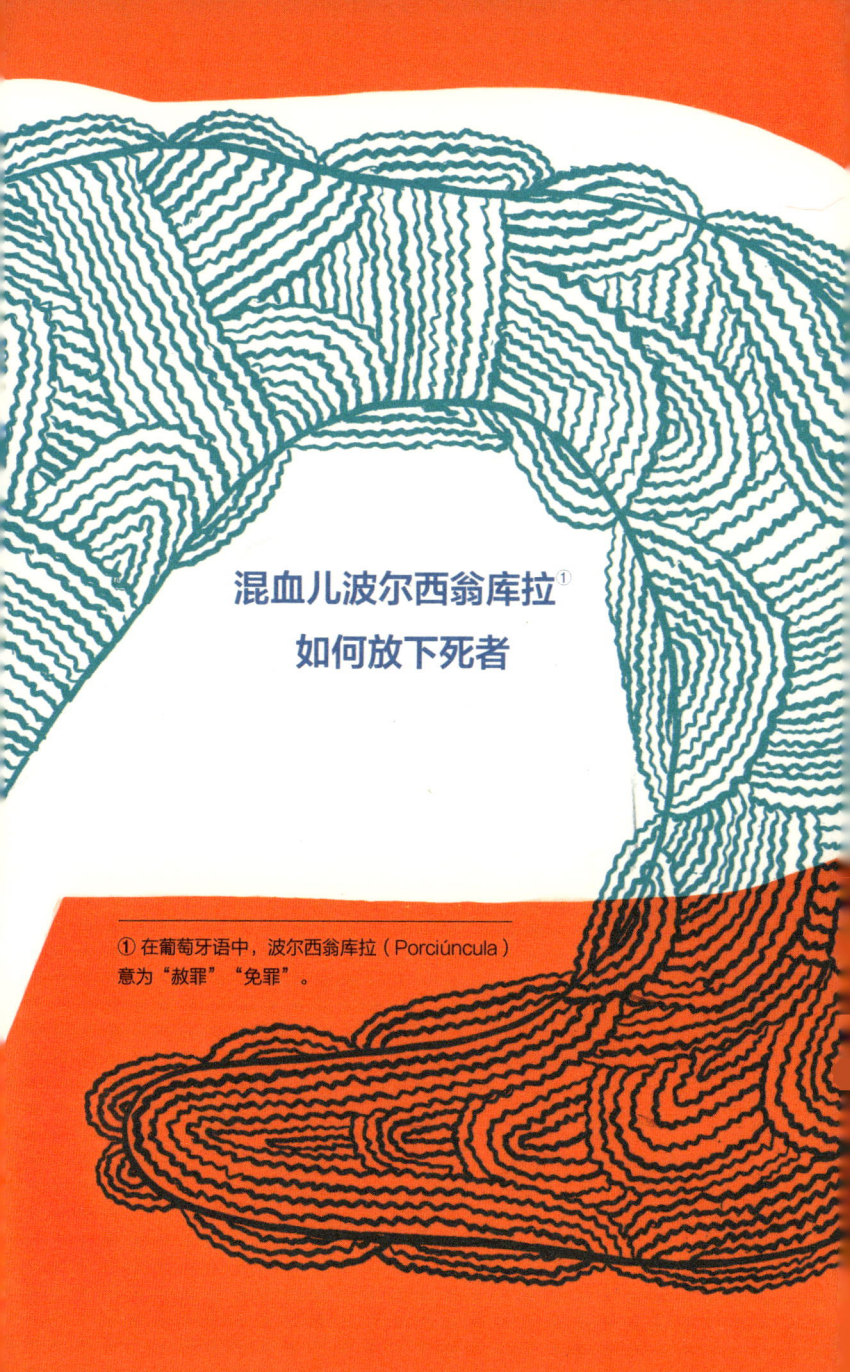

混血儿波尔西翁库拉[①]
如何放下死者

[①] 在葡萄牙语中,波尔西翁库拉(Porciúncula)意为"赦罪""免罪"。

多年之前，外国人便在此停泊。他金发碧眼，沉默寡言。我从没见过有人如此喜爱甘蔗烧酒。如果说他喝酒就像喝水一样，这不算什么，因为我们每个人都这样（赞美上帝！）。但他却能连续两天两夜吸吮酒瓶仍面不改色。他不会因此变成话痨或者与人掀起口角，也不会哼唱过时的歌曲或者回忆不堪的往事。他原本沉默，依旧沉默。只有蓝色的眼睛收紧起来，变得越来越湿润。在他的目光中有一团红色的炭火，正灼烧着那片蓝色。

坊间谣传着众多关于他的故事，其中一些颇吸引人。然而因为无法从外国人口中证实，一切只是道听途说。他的嘴巴上了锁，即便在最盛大的节日上也不曾打开。尽管彼时有大量烧酒沉积在脚上，双腿都仿佛变成了铅块。梅赛德斯对外国人的情意人尽皆知，可就连她这么爱打听的人，对于那个被他杀死在故乡的女人和那个他追击了数年的男人，也无法探听出一点确切消息。为了抓住那个男人，外国人跨越了无数地方，直到在他肚子上捅了一刀。在那些烧酒超越了理智的日子里，每当梅赛德斯问起，外国人总是盯着一处地方。没人知道他在看什么。湿润的蓝眼睛收紧起来，突然变得火红。他发出野猪一般的叫声，含义令人疑惑。我不知道这个下体上有十七处刀伤的女人的故事是如何传到这里的，里面充斥着各种细节。而他那个同乡青年的情况则更加细致。他从一个港口逃到另一个港口，直到外国人刺了他一刀。正是这把刀杀了那个女人，十七处刀伤都在下体。我同样不知道，他是否背负着这两位死者。他从不愿卸下负担，哪怕醉到闭上双眼，两团炭火掉在地上，也掉在我们脚上。要知道，死者是沉重的负担。在烧酒的作用下，我常见到勇敢的人卸下重担，甚至交到陌生人手中。而两具尸体，腹部中刀的男人和女人，则要沉重得多。外国人从不愿意放下他们，无疑是沉重压弯了他的脊背。他从不寻求帮助。而这件事却流传着各种细节，甚至成为了迷人的故事。一

些情节使人发笑，另一些又令人痛哭，就像一个好故事应有的那样。

但我并不想讲外国人的事情，还是留待下次吧，因为这需要时间，不是一杯小小的烧酒——我无意冒犯各位——就能讲清他的故事、展开他的人生轨迹并破解这些谜团。留待下次吧，倘若奥沙拉神允许。时机与烧酒都不会缺少，不然要那些日夜不休的蒸馏机做什么？

在这个故事里，外国人不过是所谓的过客。他在那个雨夜到来，是为了提醒我们那是圣诞前夜。这是他那里的东西。在他的故乡，圣诞节是最热闹的庆典，可在这里不是。没有什么能同圣若昂节的庆典相比，它开始于圣安东尼奥节，又在圣佩德罗节中变得完美，它吸收了欧莎拉的水、邦纷的庆典、我父桑构的责任，更不用说沙滩圣母节（这才是庆典！）[1]。这里从不缺少节日，自然无需从国外借鉴。

就在外国人提起圣诞节时，那个乞讨盲犬故事中的混血儿波尔西翁库拉换了个位子。他在一个煤油箱子上坐下，用一只手掌捂住杯口，以防那些贪嘴的苍蝇偷喝烧酒。苍蝇不喝烧酒？请原谅我，杰出人士，你们说出这番胡话是因为没有见过阿隆索酒铺的苍蝇。它们全都上了瘾，会为每一滴酒疯狂，会将身子浸入杯中，品味之后飞将出来，发出蜂音器般的嗡嗡声。阿隆索是个

---

[1] 圣若昂、圣佩德罗、圣安东尼奥与邦纷是天主教中的人物，欧莎拉与桑构则是非洲约鲁巴人宗教中的神。

固执的西班牙人，没有人能说服他消灭这些鬼东西。他总是说，并且也不无道理，他买这间酒铺时就有苍蝇，不能因为它们喜爱美酒就伤害它们。这个理由并不充足，因为所有的顾客都喜欢美酒，而他不会将他们赶走。

我不知道混血儿波尔西翁库拉调换位置只是为了离火光更近一些，还是已经决定讲述特雷莎·巴蒂斯塔与她的赌局的故事。那天晚上，就像我之前说的，整个码头一片漆黑，阿隆索嘟嘟囔囔地点燃了一块木板。他很想把我们都踢出去，但不行。那时正在下雨，而这样一场该死的降雨比圣水还要厉害，它能把我们完全浇湿，渗入我们的皮肉与骨骼。阿隆索是个受过教育的西班牙人，在酒店做信童时学到很多东西。因此他点燃了一块木板，拿着一个铅笔头算账。我们聊这聊那，东拉西扯，骂那些苍蝇，尽量打发时间。直到波尔西翁库拉换座位，外国人哼哼着关于圣诞节的蠢话，什么雪和发光的树。波尔西翁库拉不会放过这样的机会。他赶走了苍蝇，喝了一口烧酒，用柔和的声音说道：

"在一个圣诞夜里，特雷莎·巴蒂斯塔赢得了赌局，开始了新的生活。"

"什么赌局？"如果梅赛德斯想用问题激励波尔西翁库拉，她根本无需开口。波尔西翁库拉既不需要刺激，也不需要恳求。阿隆索放下铅笔，将酒杯重新满上，苍蝇嗡嗡作响，深信自己就是蜂鸣器——这群酒鬼！波尔西翁库拉喝了口酒，润了润嗓子，开始了他的故事。波尔西翁库拉是我见过的最善谈的混血儿,很多人都这么说。他的语言如此丰富又如此柔和,不了解的人还以为他曾在学校用过功,而除了路边与码头之外,他从未有幸上过其他学校。他是讲故事的好手,所以如果这个故事在我嘴里变得无味,那既不是故事的问题,也不是混血儿波尔西翁库拉的过错。

波尔西翁库拉等梅赛德斯在地上坐好。她靠着外国人的腿,以便听得更加清楚。混血儿解释说特雷莎·巴蒂斯塔来到码头时,她的妹妹已经下葬。由于路途遥远,消息一个星期之后才传到她们的故乡。她来了解情况并留了下来。她和妹妹很像,但只是外表而非内心,因为面纱玛丽亚的气质绝无仅有。正因为如此,特雷莎一生都叫做特雷莎·巴蒂斯塔,没有人觉得有更改的必要。可是有谁还会将面纱玛丽亚称为玛丽亚·巴蒂斯塔呢?

好奇鬼梅赛德斯想知道,这个面纱玛丽亚究竟是谁。

就是玛丽亚·巴蒂斯塔,特雷莎的妹妹。波尔西翁库拉耐心解释道,并说玛丽亚到这儿没多久,所有人便只叫她面纱玛丽亚。因为她有一种怪癖:绝不错过任何一场婚礼,总是睁大眼睛看着新娘礼服。码头附近的人们常常说起面纱玛丽亚。她是个美人,善于描绘的波尔西翁库拉说,她晚上在港口逡巡,就像是海上的幽魂。她这样留在码头,仿佛就出生在这儿;可事实上她来自内陆,衣衫褴褛,还带着被打的伤疤。因为她爸

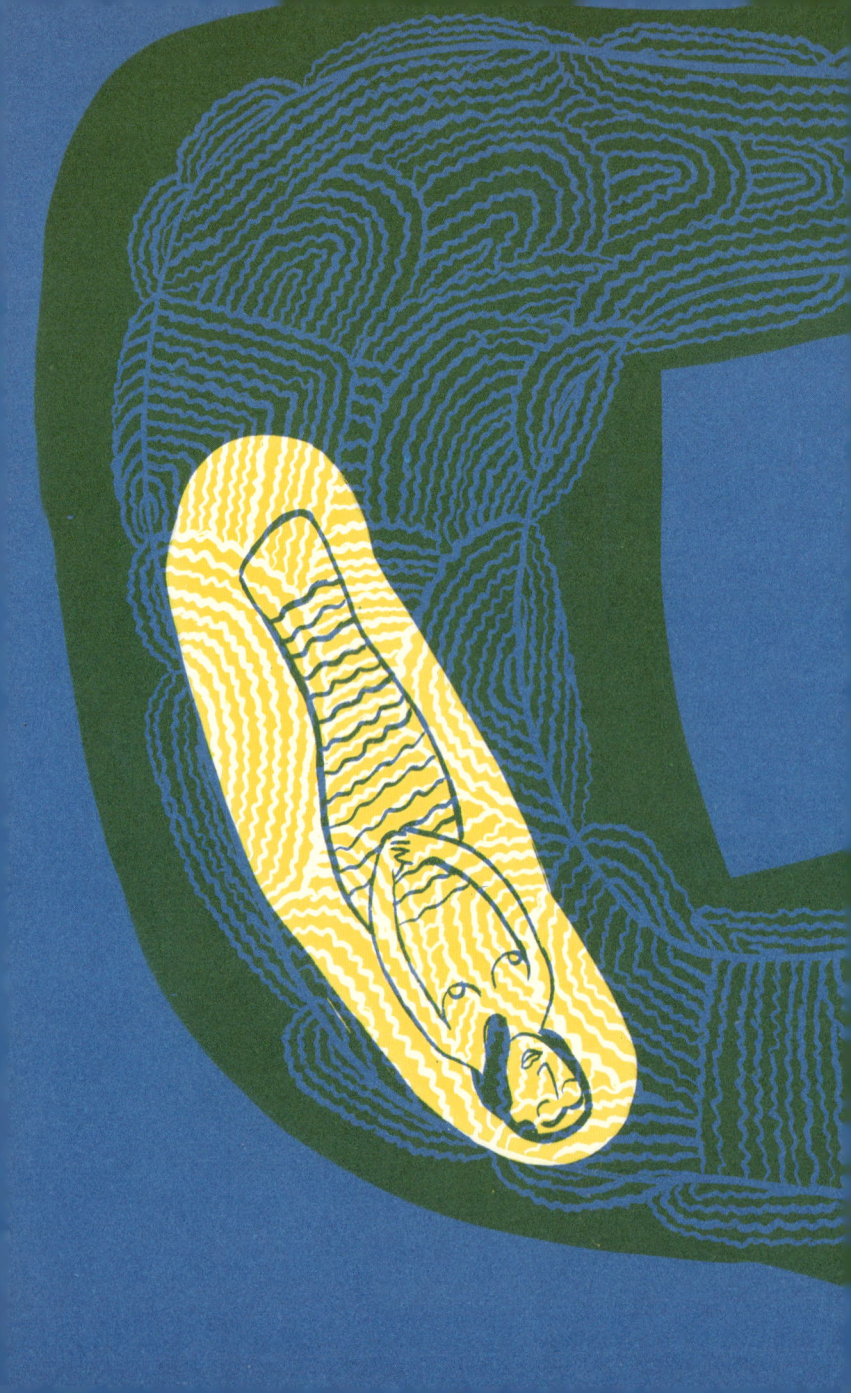

爸老巴蒂斯塔平日不苟言笑，在知道巴尔博萨上校①的儿子夺去了女儿的贞操之后，就变成了野兽，拿起棍棒就是一顿毒打，然后将她扫地出门。他的家可容不下婊子。婊子应该待在偏僻的街道，堕落的人就该待在堕落的地方。老头边说边将棍子打在姑娘身上，他心中充满了怨恨，充满了怨恨与疼痛。看到自己十五岁的女儿，她漂亮得就像一条美人鱼，如今已经失去了贞操，除了当妓女再没别的出路。

玛丽亚·巴蒂斯塔就这样变成了面纱玛丽亚。她最终来到州府，因为在她的家乡，在那个世界尽头，妓女没有别的未来。来到这里之后她

---

① 并非真正的军衔，而是巴西对地方土豪的称呼。

处处碰壁,并最终停在了圣米盖尔斜坡。她是如此稚嫩,以至于妓院的女主人提贝利亚问她:你以为这里是小学吗?就在这座妓院里,她最终放下了行囊。

这个故事的许多前因后果,波尔西翁库拉都是从提贝利亚嘴里得知的。提贝利亚是最受尊敬的人,也是巴伊亚最好的妓院老板。我夸她并不因为她是我的干亲家[①],她也不需要,有谁不知道提贝利亚,不尊敬她的才能呢?她真是一个好人。这个女人说一不二,她的心是椰糖做的,帮助了半个世界的人。在提贝利亚的妓院里大家都是自己人,那种"人人为自己,上帝为大家"的

[①] 在巴伊亚,若一方为另一方孩子的教父、教母,则双方互称"干亲家"。

情况根本不存在。大家和睦相处，组成了一个团结的家庭。波尔西翁库拉是提贝利亚的心腹，是这个家庭的一分子。他总是爱上某个姑娘，总会修好排水管道，更换烧坏的灯泡，补上漏水的屋顶，把胆敢出言不逊的人一脚踢出去。正是提贝利亚将事情一五一十地告诉了他，他才能够讲清故事的来龙去脉。他是如此感兴趣，因为刚刚看到玛丽亚的眼睛，他便无可救药地深陷其中。

玛丽亚到这儿之后就成了家里的小宝贝。她还不满十六岁，受到了提贝利亚和姑娘们的宠爱。她们待她如女儿一般，将她打扮得千娇百媚。她甚至得到了一个洋娃娃用来代替在订婚或结婚典礼上玩的巫婆。面纱玛丽亚在码头讨生活。她喜欢凝望海洋，内陆人都是这样。每当夜晚将至,她便向海边走去等待客人,无论是月夜还是雨夜,是细雨还是暴雨。提贝利亚笑着骂她:玛丽亚为什么不留在妓院里,穿着花衣服,等着那些为她这种年轻姑娘发疯的富豪?她甚至能找到一个富有的保护人,一个对她痴迷的老头子。那样就能过上好日子,不用陪一个又一个男人睡觉,一晚上就要陪两三个。远的不说,就在这个妓院里,卢西亚就是个例子,玛雅法官每周都来看她一次,给她带来各种东西,甚至给她男朋友贝尔塞里诺谋了一个看门的工作。令提贝利亚感到惊奇的还有,玛丽亚竟不回应波尔西翁库拉。因为对姑娘的爱情,混血儿饱受折磨。而她跟各种男人睡觉,却唯独不肯跟他。她会牵着他的手游赛哈特山或者欣赏大海;在有月亮的夜

晚，当我们去船上吃煮鱼时，她也会像女友一样来到混血儿身边，向他讲述参加过的婚礼、新娘的礼服多么漂亮以及面纱究竟有多长。可是，到该躺下做好事的时候，玛丽亚就会道句晚安，把波尔西翁库拉丢在那里，像个傻子一样。

在那个雨夜，外国人想起圣诞节时，波尔西翁库拉就是这样讲的。所以我才喜欢他讲的故事：混血儿从不扭曲事实，哪怕是为了美化自己。他完全可以说自己占有了她，甚至可以说占有了很多次。大家都这么认为，因为总能在海边看到他们。他本可以自吹自擂，但他没有这样做，而是说出了事实，我们中的许多人并不为此感到惊讶。玛丽亚陪许多男人睡觉，表现得很兴奋，不能说她不喜欢。但是结束之后，也就结束了，她甚至不愿意说话。她确实喜欢，万分喜欢，喜欢那个见不到她就痛苦万分的男友，还喜欢……啊！她从未喜欢过任何人，除了混血儿波尔西翁库拉。可是，既然如此，她为什么不和他睡觉呢？他们一同坐在沙滩上，将脚伸入水中，嬉戏海上的浪花，远眺无人可见的海洋的边际。有人看见过大海的边际吗？某些杰出人士？对不起，我不相信。

混血儿波尔西翁库拉陷入了情网。他每晚都在海边寻找玛丽亚，窥视她迷人的身姿，渴望在她的身体中沉没下去。他当真这样讲，丝毫也不隐瞒。这份爱情使他痛苦，他的声音也变得柔弱。由于深陷情网，他的嗅觉比流浪狗还要敏锐，能追踪到面纱玛丽亚的一切消息。提贝利亚也总在他耳旁悄悄提醒。所以他才能讲述得如此详细，从玛丽亚故事的开端直到她如何下葬。

巴尔博萨上校的儿子一表人才，当他在假期里撕破玛丽亚的处女膜时，她还未满十五岁，却已有了女人的乳房与身材。她只有外表像女人，内心仍是小孩儿，每天都拿着女巫玩耍。那个女巫是她在集市上花二百雷斯买来的。她找到一些碎布头，将女巫打扮成新娘，面纱、花冠应有尽有。在那世界的尽头，当教堂举行婚礼时，玛丽亚在一旁观看，她的眼睛仿佛黏在了婚纱上。她只想着穿上婚纱该有多好：全身洁白，拖着面纱，额头上还有花朵。她给女巫做婚纱，跟她说话，每天都为她举行一场婚礼，只是为了看她戴上面纱和花冠的样子。地上所有的动物都跟女巫结过婚,尤其是那只又老又瞎的母鸡。它是新郎的最佳人选,因为它不会逃跑。它总是满眼漆黑地蹲在那里,十分顺从。所以,当巴尔博萨上校的儿子对玛丽亚说:"你可以结婚了,小姑娘。你愿意和我结婚吗?"她回答说愿意,只要给她一张漂亮的面纱。可怜的姑娘,她没有想到年轻人用的是博学的语言,而在他高雅的语言里,"结婚"就是在河边占有她的贞操。所以她兴奋地接受了,并且一直等待着新娘的礼服、面纱与花冠。然而,她得到的却是老巴蒂斯塔的毒打,以及——在事情传开之后——面纱玛丽亚的称呼。但她并未丢掉这种癖好。在被逐出家门之后,玛丽亚从未错过任何一场婚礼。如今她需要躲藏起来,因为妓女无权参加婚礼。当成全了她的那位巴尔博萨公子同博阿文图拉上校的女儿结婚时——真是举世传颂的盛大婚礼！——她就在那儿看着漂亮的新娘，真是一位千金小姐，没有人见过那样的婚纱，那是在里约做的，拖尾足有半公里长，面纱遮住脸庞，上面满是刺绣，真是令人惊叹。就在那时，玛丽亚偷偷离开家乡来到港口，停在了提贝利亚的妓院门前。

对她而言，看电影、去夜总会跳舞、到酒馆喝酒或者乘船航行都不算娱乐，只有在婚礼上看婚纱才算。她曾将杂志上戴着面纱的新娘照片和婚纱商店的广告剪下来，将它们统统贴在卧室墙上——新郎、新娘、神父、随从。靠着边角料与碎布头，她将提贝利亚和其他姑娘送的洋娃娃扮成了新娘。一个小姑娘，一个还会说傻话的小姑娘，她跟提贝利亚说："总有一天我也会穿上婚纱。"她们嘲笑她，戏弄她，拿她开玩笑，她却不为所动。

而这时，混血儿波尔西翁库拉受够了等待的煎熬，他不愿再像傻子一样，十指相扣，在海边聊天。每个男人都有尊严，他知道这样不行，这太痛苦了，他可不愿为爱而死，那是最糟糕的死法。他回到了卡罗琳娜身边，这个胖女人一直很爱慕他。凭借几瓶烧酒和卡罗琳娜的笑容，他抛却了面纱玛丽亚带来的伤痛。他再也不想聊天了。

讲到这里，波尔西翁库拉又要了点烧酒，阿隆索满足了他。为了听到一个好故事，阿隆索不惜一切代价。而这个故事也快要结束了。它结束于几年之后的那场席卷了半个世界的流感。面纱

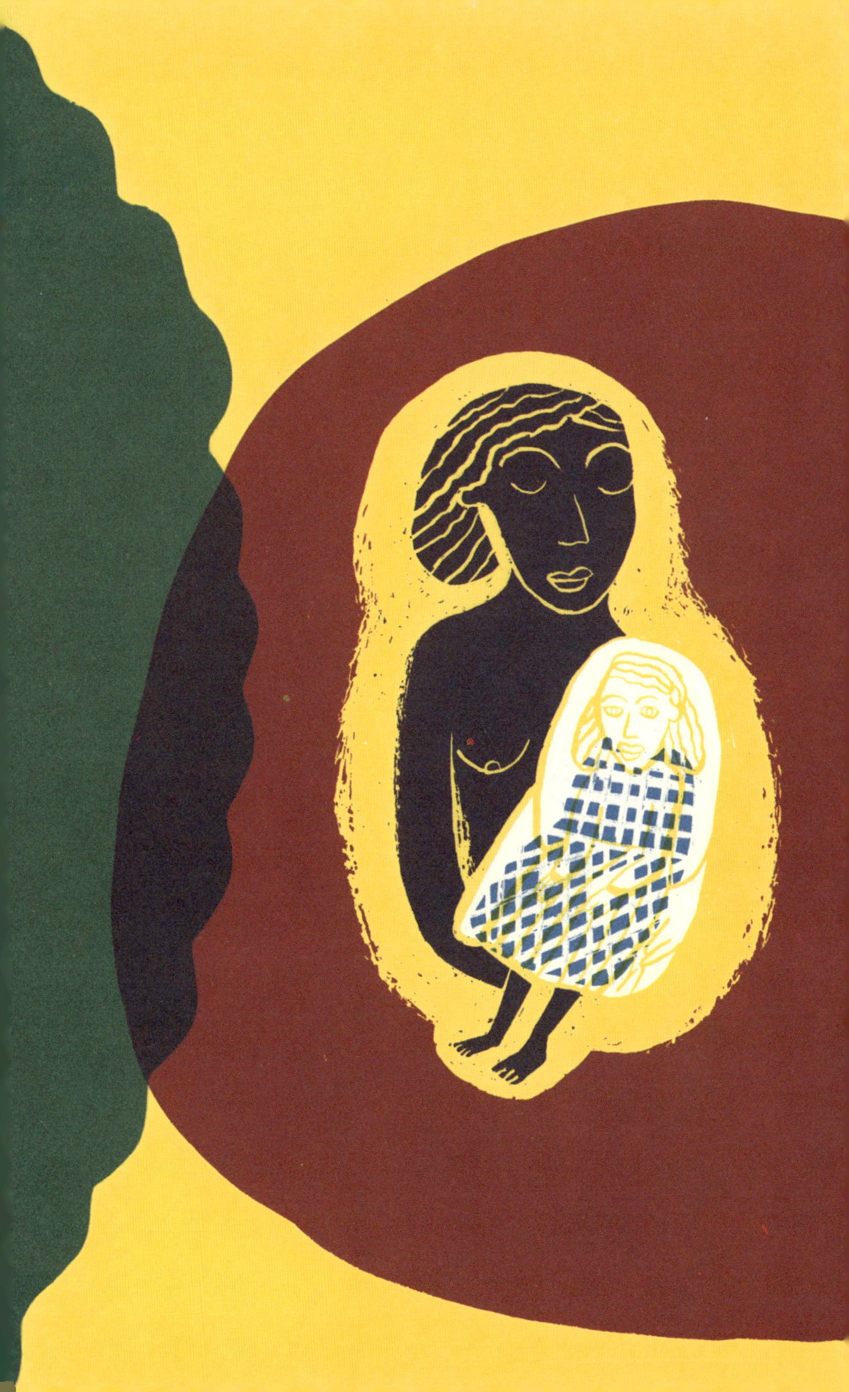

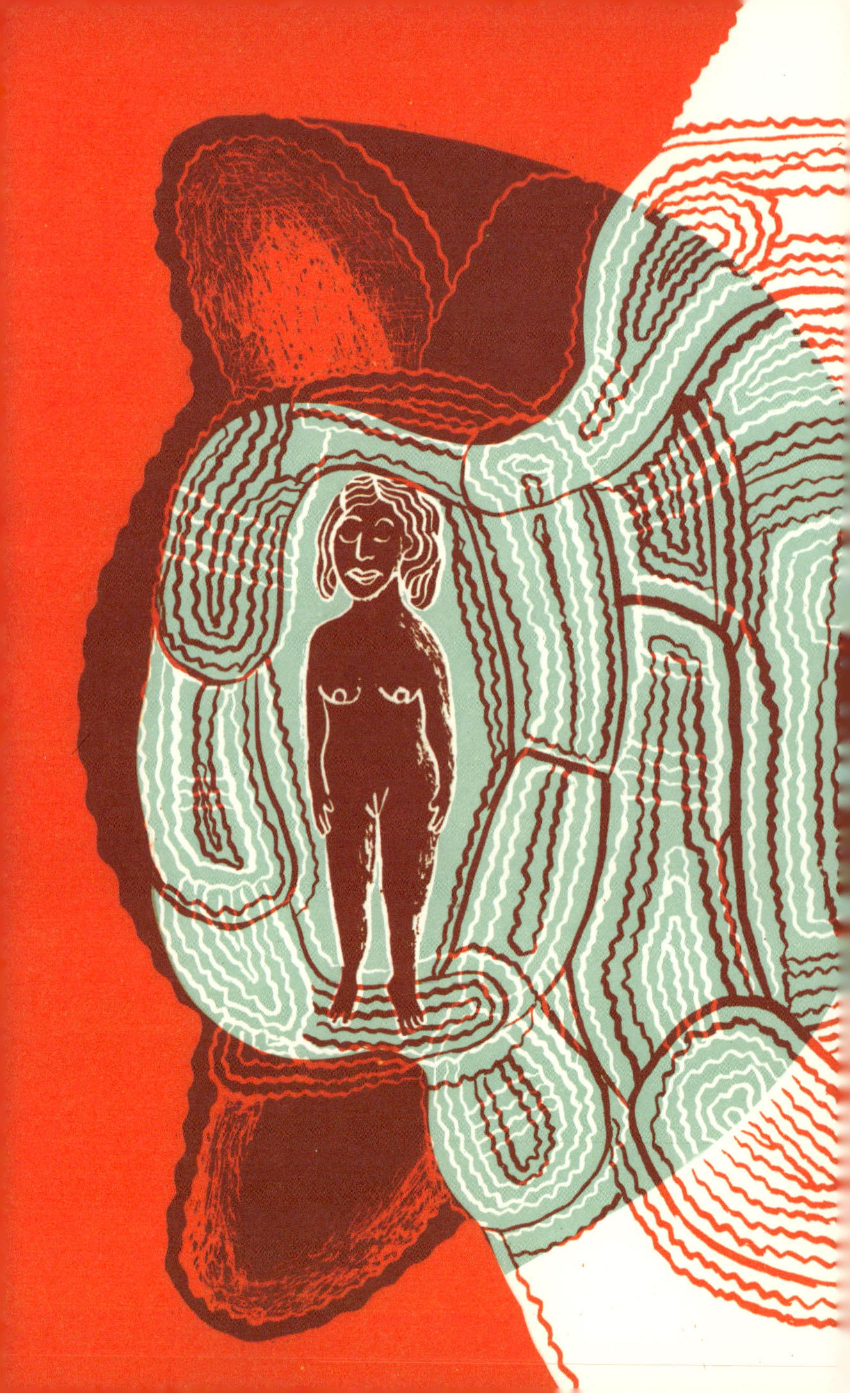

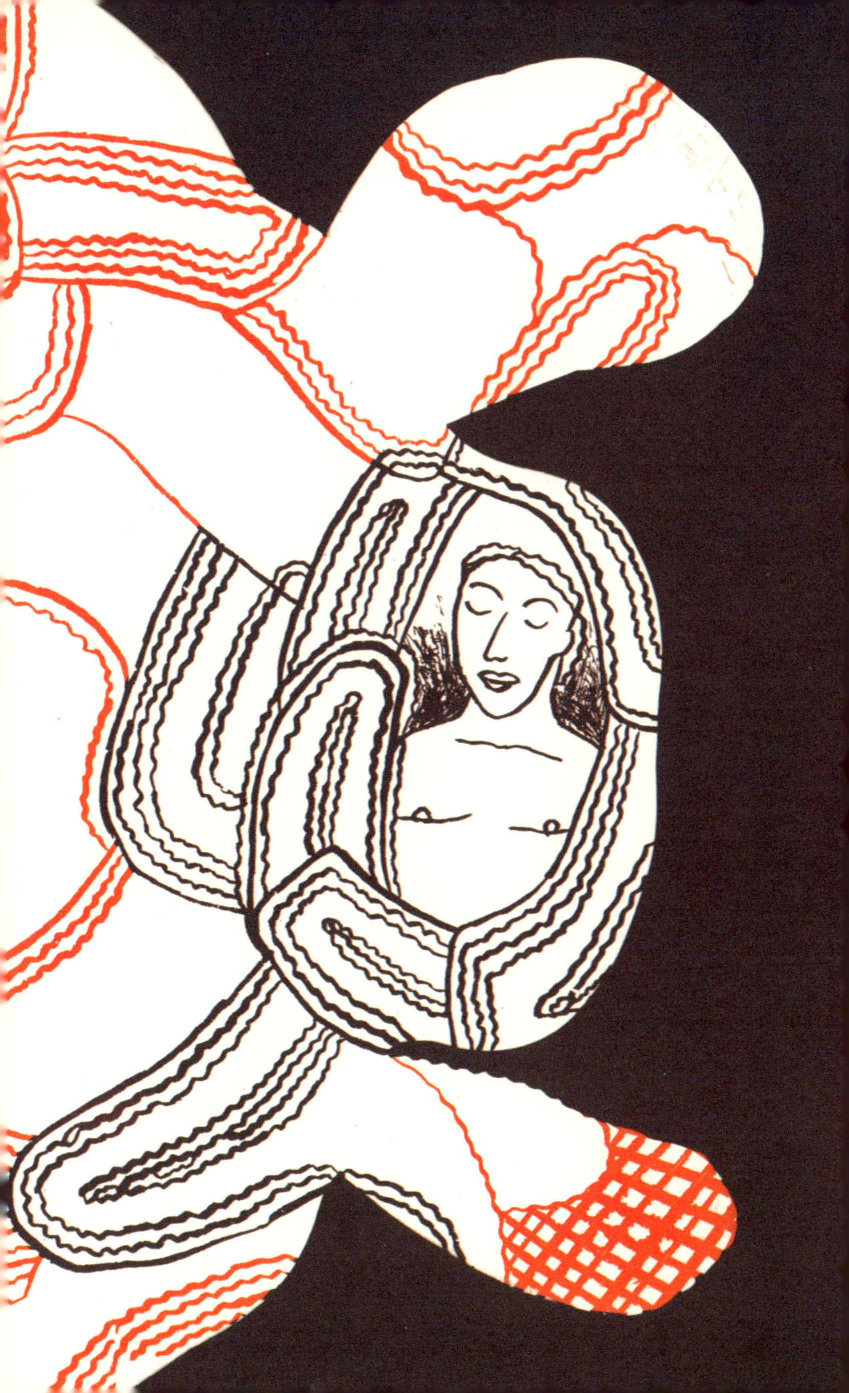

玛丽亚倒下了，她发着高烧，十分虚弱，连第四天都没有撑过。波尔西翁库拉听到消息时，她已经去世了。为了摆脱戈麦斯的纠缠，他一直离群索居。戈麦斯是"男孩之水"的摊贩，痴迷于纸牌游戏。哎，跟波尔西翁库拉玩纸牌就相当于把钱扔掉。戈麦斯是自己愿意才玩的，真不应该事后反悔。

波尔西翁库拉在等待暴风雨停止时，收到了提贝利亚的消息。消息十分紧急，玛丽亚快不行了。当他赶到时，玛丽亚刚咽下最后一口气。提贝利亚向他解释了玛丽亚的临终请求。她希望穿着婚纱、戴着面纱与花冠下葬。新郎，她说，是混血儿波尔西翁库拉，他们将要结婚。

这是最疯狂的请求，但它是死者的请求，除

了照办别无他法。波尔西翁库拉问婚纱怎么办，买的话太贵了，而且商店晚上也歇业了。他以为很难，但并非如此。这里不是有一大群女人吗，无论妓院里的还是街上的，她们都活了一大把年纪了，难道不能当当裁缝，做一套带有面纱与花冠的婚纱吗？她们很快凑齐了买花的钱，不知从哪儿找来了布和花边，找来了鞋子、丝袜、白手套，居然还有白手套！一样一点儿，还有人拿来了丝带。

波尔西翁库拉说他从未见过这样的婚纱，如此漂亮又如此华贵。他知道自己在说什么，因为在他迷恋着玛丽亚时曾观看过许多婚礼，婚纱多得他都看腻了。

他们给玛丽亚穿好衣服，婚纱拖尾离开床沿

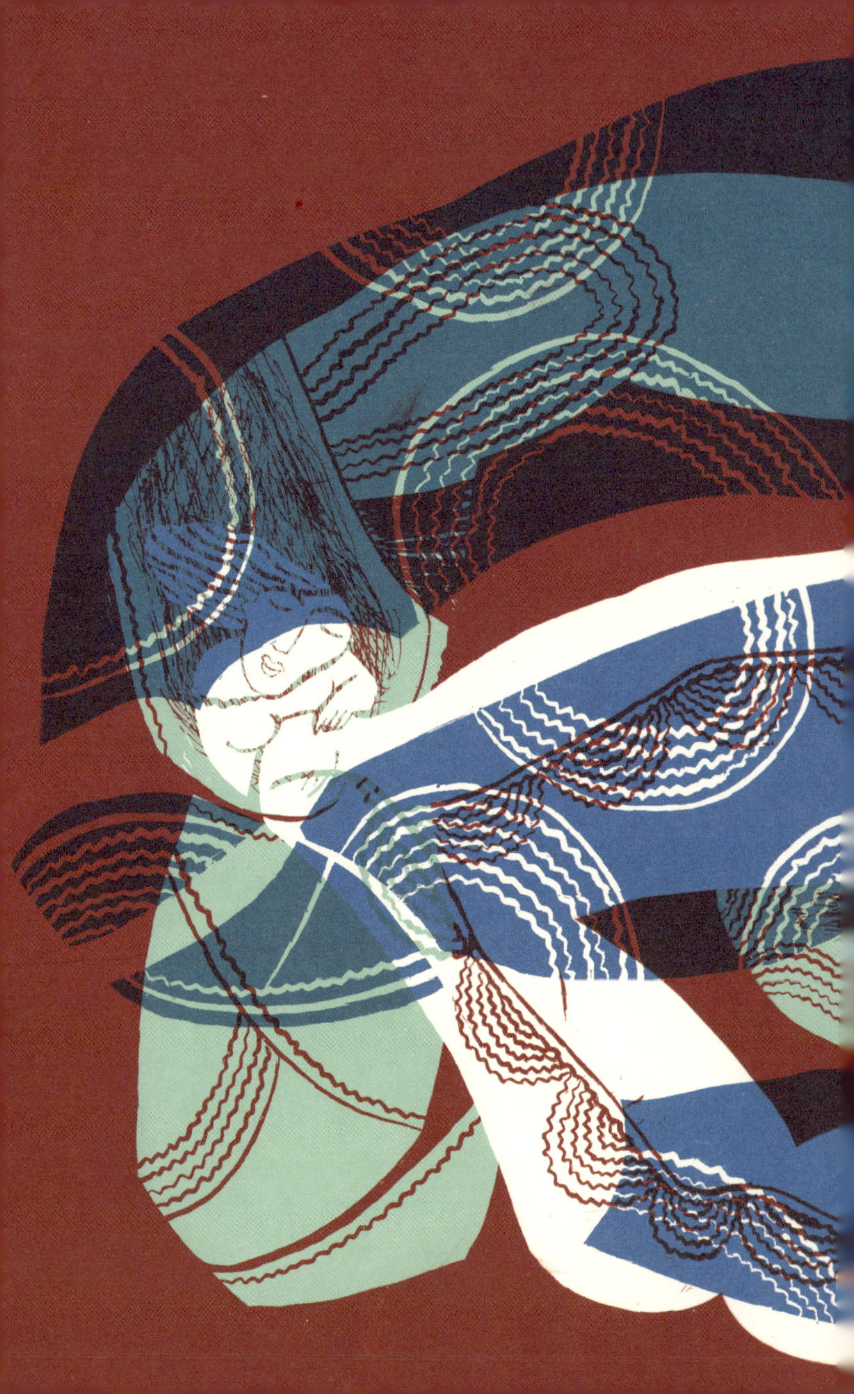

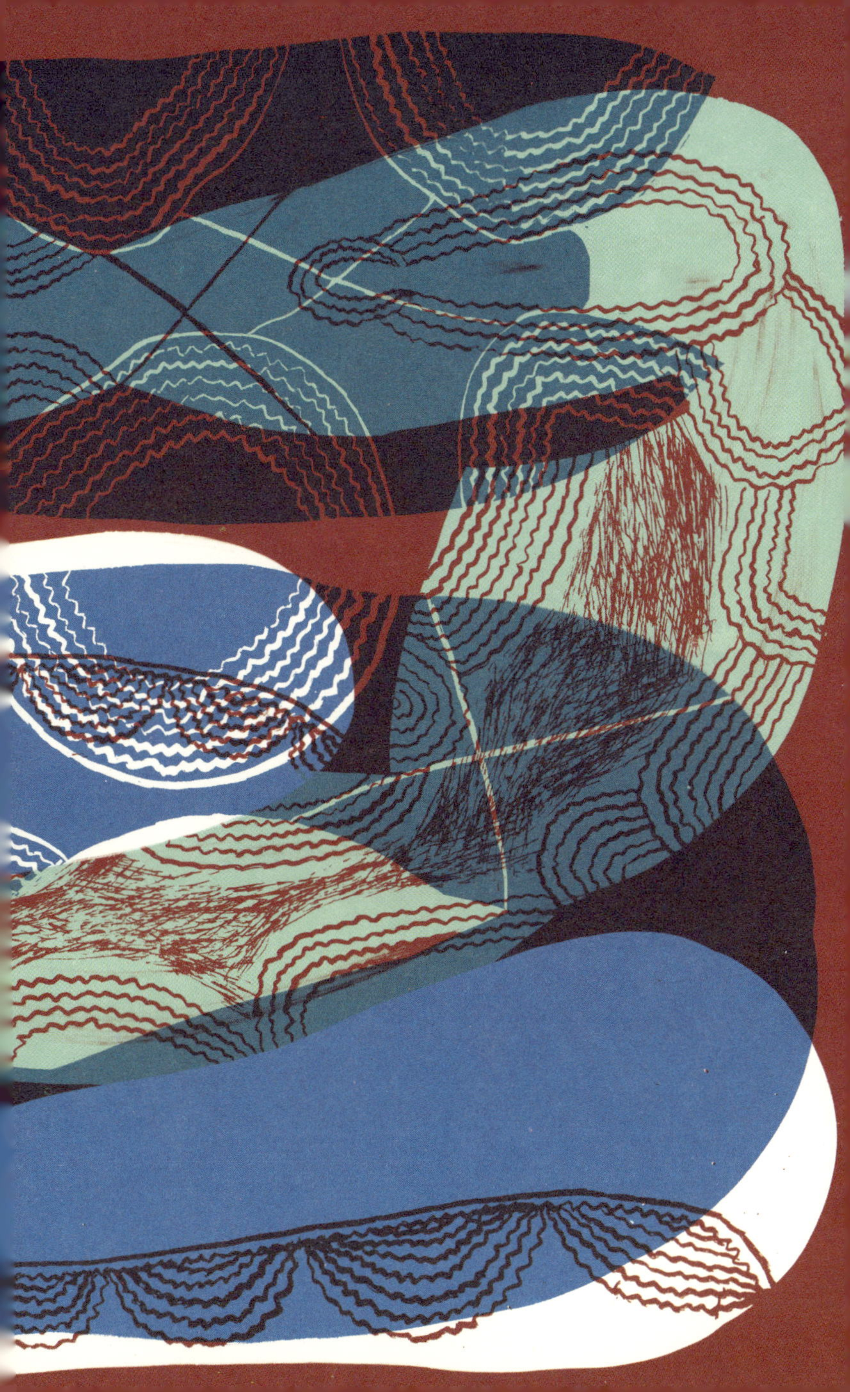

拖在了地上。提贝利亚拿来一束花，将它放在玛丽亚手中。她是世上最美的新娘，如此沉静而又甜美，在这一刻她如此幸福。

如今，波尔西翁库拉在床边坐了下来。作为新郎，他抓起了玛丽亚的手。科拉丽斯，这位曾结过婚却被丈夫抛弃、有三个孩子需要抚养的女人哭着取下手上的戒指，带着对美好时光的回忆，将它交给了混血儿。波尔西翁库拉慢慢将戒指戴在死者手上。他看着她的脸庞。面纱玛丽亚在微笑。之前我不清楚，但那时她在微笑。波尔西翁库拉这样说着，并保证他当天绝对没有喝醉，他甚至连一口酒都没碰。他将目光从那美丽的脸庞上移开，看着提贝利亚。他发誓自己看到了，确确实实看到了，提贝利亚变成了神父，正穿着婚礼主持的服装,腰带、配饰应有尽有。是一个胖胖的神父,好像一个圣徒。阿隆索又将杯子添满,我们喝了下去。

混血儿波尔西翁库拉不再说话。关于这个故事,他一个字也无须多说。他已经把死者交给我们,已经卸去了他的重负。梅赛德斯还想知道棺材的颜色,是处女用的白色还是罪人用的黑色。波尔西翁库拉只是耸了耸肩,赶走了苍蝇。关于特雷莎·巴蒂斯塔,关于她赢得的赌局和新的生活,他什么都没说。也没有人问。所以我也不能讲,不了解的事情我从来不讲。我唯一能做的是讲讲外国人的故事,关于这个故事,我和全港口的人一样了解。但是这个故事并不适合这种中杯的甘蔗酒,请杰出人士们原谅。这个故事适合在雨夜里品着大杯甘蔗酒,更适合在月夜里乘着小船航行。即便如此,如果你们想听,我可以讲,这没问题。

≈

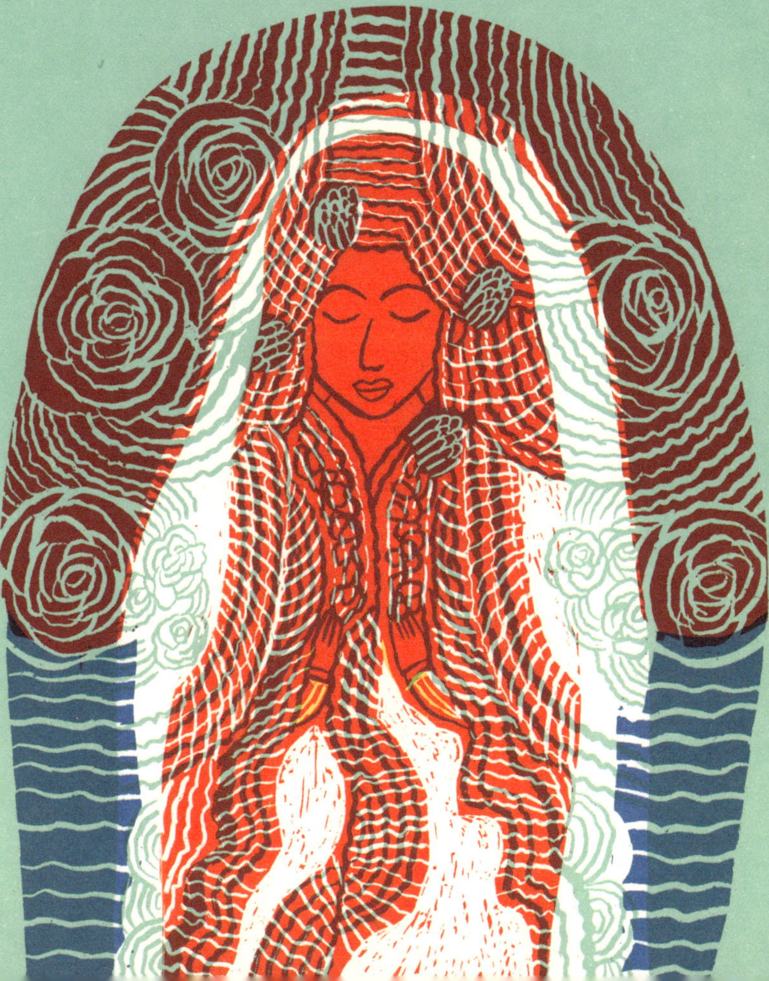

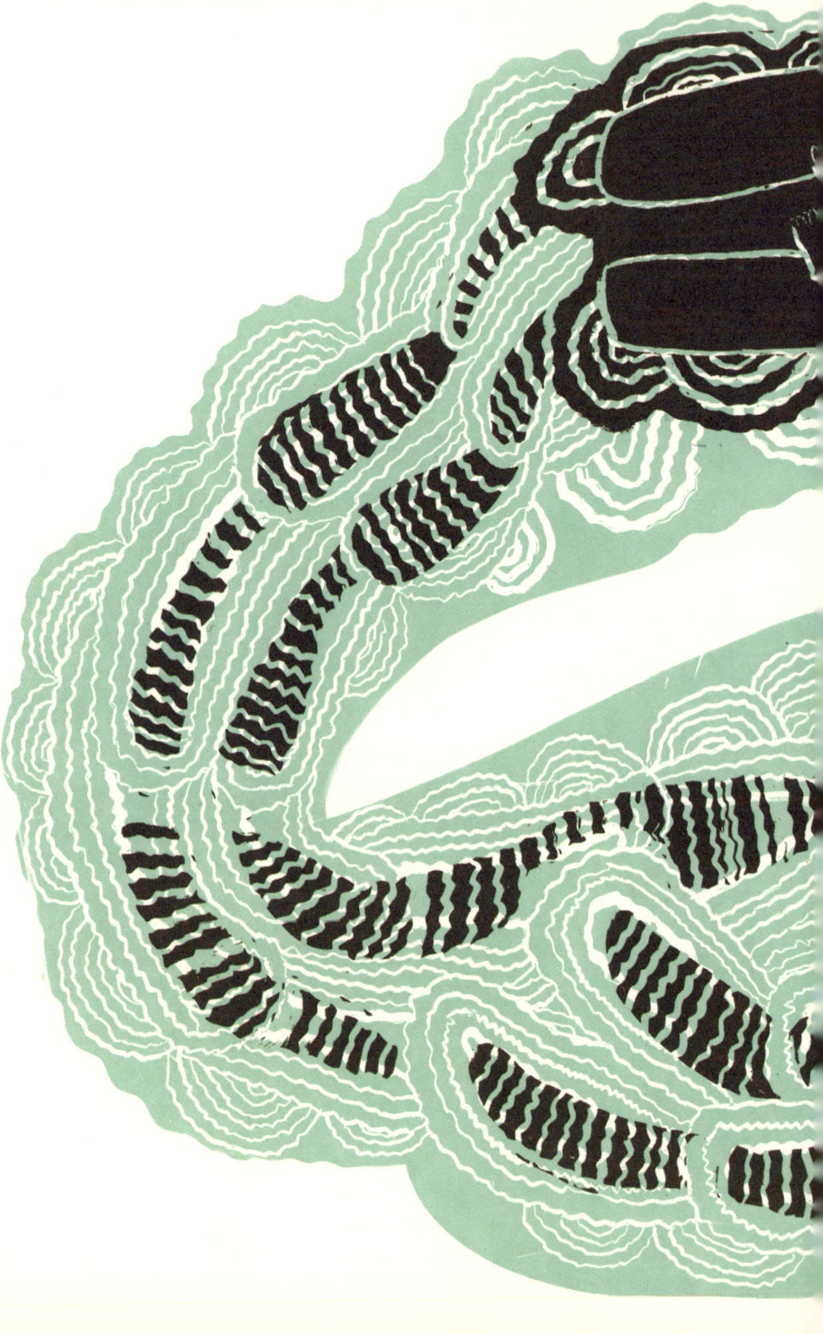

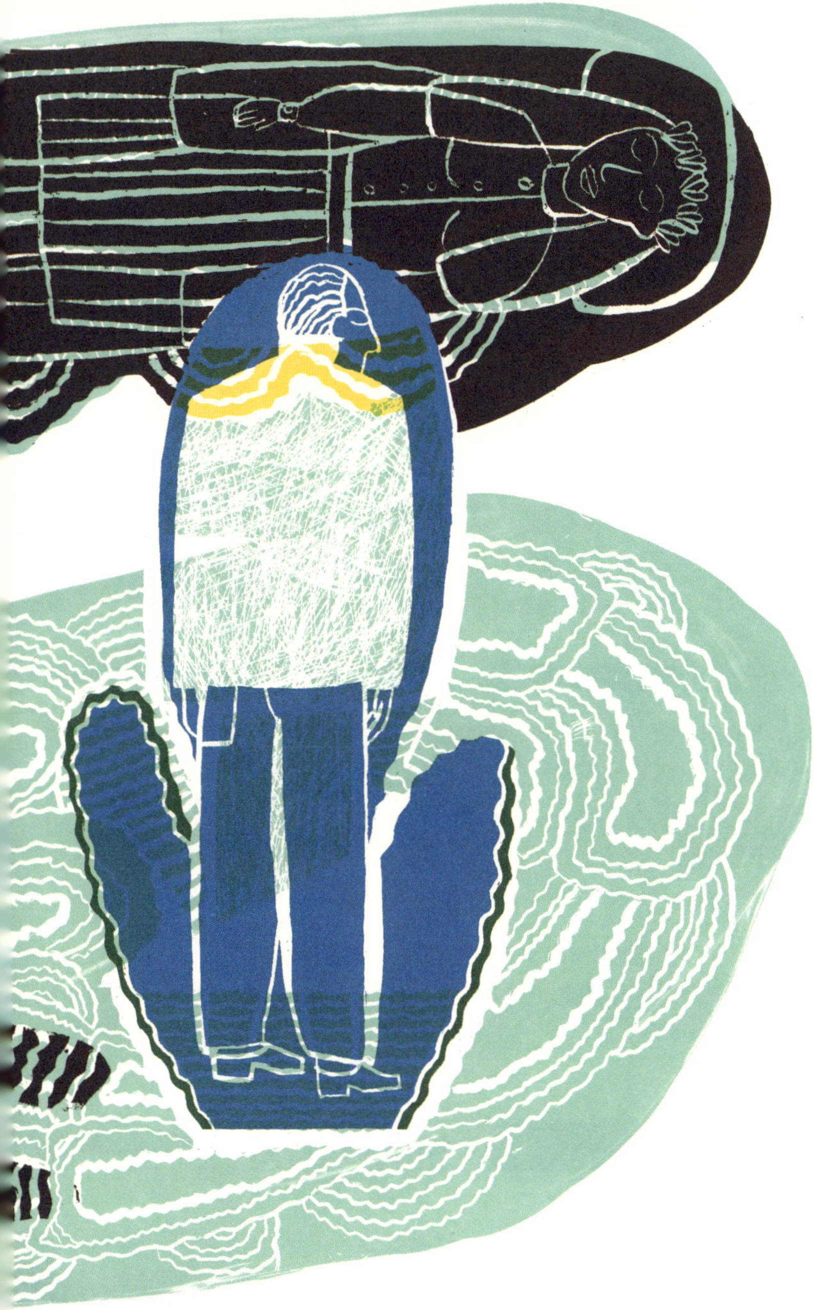

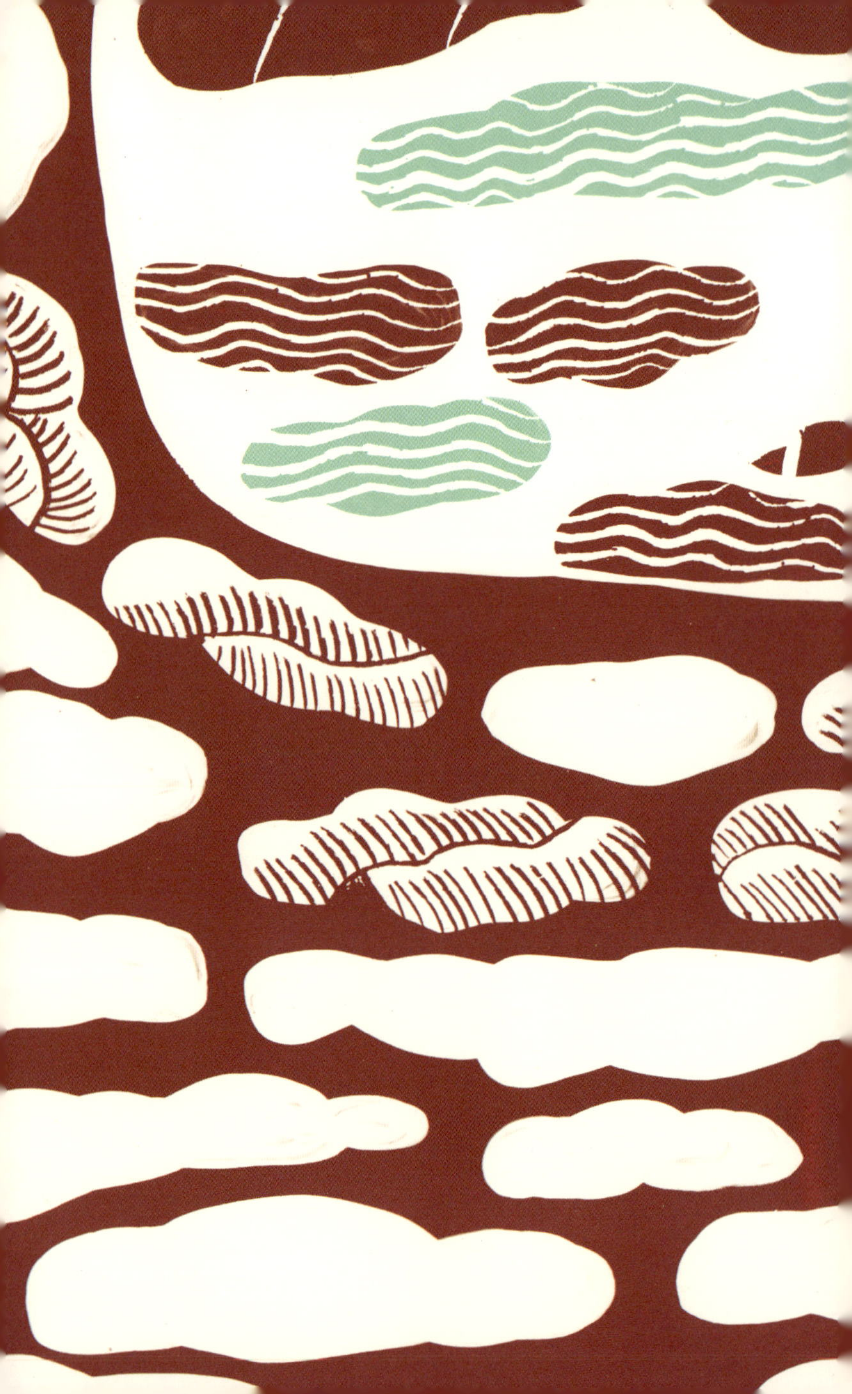

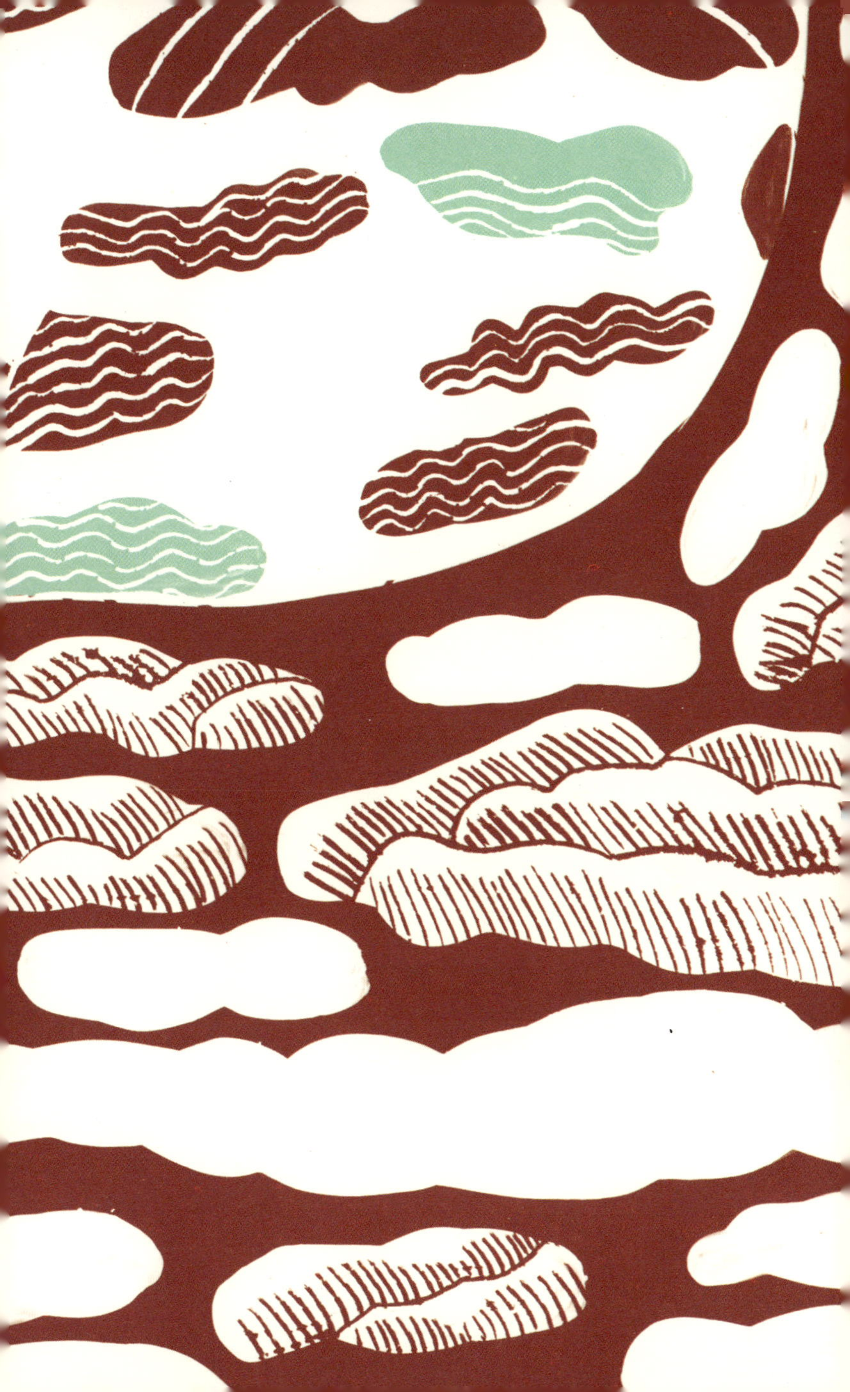

弯曲的脊背

玛丽安娜·亚马多·科斯塔

《混血儿波尔西翁库拉》创作于1959年,与同时期的小说《金卡斯之死》一样,发表在里约热内卢的杂志《先生》上。与《金卡斯之死》不同(后者赢得了举世称赞,并被改编为舞台剧与电视剧),这篇小说一直籍籍无名,发行范围很窄,出版数量也十分有限,于2004年发表在亚马多基金会编辑的《五个故事》中。

若热非常喜欢这篇小说,并将它发展成为《夜晚牧人》(1964)中的一个主要故事。同在《金卡斯之死》中一样,这篇小说包含了几个牧人的雏形以及两个主要的场景——阿隆索的店铺与提贝利亚的妓院。在人物奥塔利亚与队长马丁身上，故事重新得到演绎，并保留了相同的主旨——妓女同时也是贞节的女人，也怀有一颗浪漫的心。在《夜晚牧人》结尾，为了摆脱警察追击，队长马丁来到了伊塔巴利卡岛并化名为士兵波尔西翁库拉。他逃离了警察，也逃离了那个唯独不愿同他睡觉的女孩儿，逃离了压抑的欲望与痛苦的爱情。与这篇小说不同，队长从未卸下这份负担。在一场美丽却奇怪的婚礼之后，奥塔利亚下葬了，而死去的新娘一直都在他弯曲的肩膀上。

这篇小说一个值得注意的地方就是提到了特雷莎·巴蒂斯塔。对读者来说，这个名字就像一个诱饵、一个承诺，表明他会再作一篇围绕酒瓶的文章。在这篇小说发表几年之后，亚马多另一篇作品中的主人公便深入人心，那就是《厌倦了妓女生活的特雷莎·巴蒂斯塔》（1972）。若热·亚马多笔下的许多人物会出现在不同的故事中，有时几乎成为不可或缺的人物，比如船夫马努埃尔与妻子玛利亚·克拉拉。但是在这个故事里，两个特雷莎却没有明显联系。在那部作品中，作者以力量与诗情详细描绘了特雷莎的妓女生活,尽管她们的职业相同,但她并非面纱玛丽亚的妹妹。那个特雷莎出生在北部的卡亚雷拉斯,九岁时便父母双亡,由舅妈菲利普抚养。舅妈将她卖给朱斯托上尉时,她还未满十三岁。而这篇小说中的特雷莎却是在她父亲老巴蒂斯塔的家中长大的,那是内陆的某个地方,是世界的尽头。

背负死亡的重担是这篇小说的主线,也是亚马多作品中反复出现的主题。作者小时候见到过可可产区争夺土地的血腥斗争,也在雅共索人[1]和可可上校中间生活过。那些人从不惧怕杀戮与死亡,作为一个纯正的伊塔普纳人,勇气被视为最重要的美德。为了依靠可可金色的果实发财致富,来自各地的冒险家聚集起来,随随便便就倒在了路上。或许只是因为同伴之间打赌,想知道他吃了子弹之后会倒向哪边;或许是出于分歧或者嫉妒;又或许是为了帮大大小小的土豪们铲除障碍。生命在这里一文不值。这里

---

[1] 巴伊亚当地土豪手下的杀手。

的条件极端匮乏,有的只是可怕的丛林、沉重的工作、各种传染病和地方病、法治的缺失以及毫无公正可言的社会等级。

在《无边的土地》中,巴达洛兄弟与奥拉旭在斯盖洛格朗德地区掀起了一场血腥的争斗。斯诺是巴达洛兄弟中的一个,黑人达米奥是他的心腹,从未射偏过一颗子弹。一天,达米奥在门廊等待新的命令,却听到主人与兄弟的争论。抛向儒卡·巴达洛的问题深深地刺入卡潘加①的心里:"你觉得杀人好吗?你没有一点感觉吗,在你心里,在这儿?"达米奥心地善良、思维简单。他之前从未想过杀人有什么不对。可是想到斯诺·巴达洛的话,他便体会到了死者的重量。他的心被痛苦占据,这种痛苦如此巨大,已经超出了他的承受范围。在漆黑的丛林中,达米奥失去了理智。

《圣女消失》里的枪手里利奥杀过二十多人,却因一

---

① 卡潘加和雅共索一样,指土豪手下的杀手。

名死者请求上帝宽恕——他不善于辨别样貌，将一个可怜的穷人错当成他要杀的人。他相信，其他被他杀死的人一定犯有过错，可在卡卢阿鲁集市上误杀的这个人却留在了他的肩膀上。因为这个人，他才到弥撒上祈祷。

在《儒比阿巴》[1]中，当黑人跪倒在儒比阿巴脚下，说他因为绝望的干渴杀死了曾背着他穿越腹地的朋友时，这位圣者向一群人讲述了仁爱之眼与卑劣之眼——这同样是亚马多作品中反复出现的主题。这个黑人角色在书中一闪而过，只是为了说明压在良知上的死者有多么沉重，当无法承受时，甚至会将它放在陌生人脚下。重新背起刚刚放下的负担，黑人便站起来走了。但是那群人都知道，他并非一个人走的，而是带着他死去的朋友。

即便是厌倦了妓女生活的特雷莎·巴蒂斯塔，即便像她那样慷慨正直的女性，也有需要放下死者的时候。在多年的抗争之后，她终于又见到了自己的爱人，见到了

---

[1] 中译本又名《拳王的觉醒》。

水手让努阿利奥，她对他说："你知道我杀过人吗？他是个恶棍，早就该死了，可他现在还在我的背上。"他们一起把这个死人扔到了海里。但是还有："一个男人死在我怀里，在做爱的时候。我不知道别人怎么看他，但对我来说，他是世界上最好的人，既是丈夫也是父亲。他死在我心里。"好心的让努同样为此指明了道路："他若是那时死的，就直接进天堂了。这样的死法是上帝的眷顾。放下这位好人的尸体，从他的死中解脱出来，但要记得他对你的好。"

就像特雷莎与她的情人又或是混血儿波尔西翁库拉的情况一样，死亡的重负并不总是因为谋杀，也并不需要亲自动手。有时这种负担来自对死者的爱情或者情感上的责任。格尔多是《儒比阿巴》中的重要人物。他虔诚、善良、敏感，曾目睹一个小女孩儿中弹却没能将她救活。从那之后，他便举着胳膊在街上游荡，仿佛怀里正抱着一个孩子。他也在用自己的方式承担着死者的重量。

世上有如此多弯曲痛苦的脊背，因为背负着各种难忘的死亡，因为生命的价值无法估量。生命中的享乐、爱情、斗争、庆典、痛苦与欢乐，都在作者的赞歌之中。若热·亚马多并未美化他创造的人物。他曾半开玩笑地承认，他的人物并不具有批评家要求的弗洛伊德式的深刻品质。然而，他们却有着复杂的情感，即使最邪恶自私的人也有温和的一面，也会像其他人一样拥有爱与苦痛。作者从不描写虚假的感情，从不凭空捏造悔恨与错误，但会睁大人道主义的眼睛观察他笔下的生灵。

渺小生活的伟大之处

若泽·伊杜阿尔多·阿瓜鲁萨

若热·亚马多与埃萨·德·盖洛斯[1]一样,是我在文学上的初恋。自然,之后还有许多其他作家,但是如果没有若泽·玛丽亚[2]与若热·亚马多,我很难成为现在的样子,尤其是成为这样的作家。想象一个羞涩的少年,生长在安哥拉中部的高原上,一个镶嵌在非洲心脏的新兴城市。想象他正坐在一间摆满书的房间。在那样一个时代,也就是二十世纪七十年代中期,书籍对我而言就像通向世界的小窗子。除去电影之外,再没有其他窗子。在万博,

---

[1] 葡萄牙最重要的作家之一,其作品《马亚一家》被视为葡萄牙现实主义的巅峰之作。
[2] 巴西政治家、诗人、小说家。

我们并没有电视,网络也只在二十年后才进入我们的生活。

在若泽·玛丽亚那儿,我发现了讽刺的力量;在符拉迪克·门德斯[1]先生那里,我知道虚构能够同现实完美地结合在一起——甚至能够变成现实。而若热则将巴西交给了我。他向我以及在我之前的许多非洲作家展示了创作本土文学的可能性。若热·亚马多用文学探究了巴伊亚丰富多彩的混血世界,与此同时,他也在不知不觉中为大海彼岸的兄弟作家开辟了道路。从这个意义上讲,亚马多也是第一个使用葡语创作的非洲小说家。

安哥拉、莫桑比克与佛得角的大部分作家都承认亚马多作品的重要性,还有一些则懂得向他致敬。比如说,我想起了佩佩戴拉[2],在他最出名的小说《捕食者》中,有一个人物叫做纳西布:"他出生的时候,安哥拉电视台第一次播放了连续剧,名字叫做《加布里埃拉》[3]。出于

---

[1] 葡萄牙文学团体塞纳库罗虚构出的人物。
[2] 安哥拉当代作家,卡蒙斯奖获得者。
[3] 根据亚马多同名小说改编的连续剧。

对电视剧的喜爱，全家一致同意，如果生女孩就叫加布里埃拉，生男孩就叫做纳西布，还能有其他叫法吗？"2000年5月20日，《巴西日报》刊登了一篇访谈，其中佩佩戴拉详细叙述了他与若热·亚马多的关系。《巴西日报》是安哥拉作家阅读最多的报纸，也是翻译最多的报纸。佩佩戴拉说："我从十五岁起开始阅读亚马多。到了不惑之年，我已经读过他的许多作品。他无疑是最早使我张开双眼的作家，带我看到了许多东西，看到了本质上离我并不遥远的现实。巴西东北部安哥拉有许多相似之处，尤其是在沿海地区。海岸与对着海岸，彼此遥遥相望。"

对我来说，若热还教我去爱那些并不可爱的人：那些出于自愿或者被迫生活在社会边缘的人，以及他们非同寻常的渺小生活。在若热·亚马多之后，我只在诗人马努埃尔·德·巴胡斯身上看到过这种对孤苦伶仃、无依无靠的人的爱，其他人却遗忘或者拒绝这些人。

他最终放弃了政治。我相信在这些斗争之后，留在亚马多心里的正是对弱者的同情——穷人、妓女、肮脏难闻的人或者失去航行能力的水手。可以这么说，在若热·亚马多那里，文学战胜了政治，并从未丧失理想。

既然刚刚提到了佩佩戴拉，那就不能不提发出了相同声音的卢安迪诺·维埃拉[1]："在若热·亚马多身上，我学会了从压迫者与被剥削者的角度看世界。通过对诗与美的执着追求与展示，甚至是在美不可能存在的地方，在残酷野蛮的环境中，若热·亚马多帮我塑造了人格与文学。"

奇怪的是，巴西现代文学似乎对巴西的非洲世界不感兴趣。在现在的巴西小说中，黑人或混血儿的数量比电视剧里或政府机关少。而在《上帝之城》上映之前，巴西电影也是相同的情况。《上帝之城》调动起了全世界亿万观众的激情。实际上，某个巴西所不愿承认的巴西对世界的吸引力更大。我认为，一部分原因是混血的巴西就好像对世界未来的准备或者提前。世界看着巴西，就好像在一面魔镜前面，看到几十年后的自己。巴西——吃着豆饭的巴

---

[1] 安哥拉当代作家，卡蒙斯奖获得者。

西——以其全面的非洲-拉丁视野，发明了所谓的多元文化主义。那时，这个概念尚未得到定义，也没有成为众多讨论的焦点话题。

最近几年，巴西尤其是巴伊亚根植于非洲的混血文化以其生机与独特征服了欧洲。记得我曾在柏林出席过一次聚会，参与者都是来自欧洲各地的巴西战舞[1]团体。在斯德哥尔摩，我曾听过瑞士人演唱桑巴，尽管他们一句葡萄牙语都不会说。我看到过奥里沙[2]在里斯本城郊跳坎东布雷舞，也看到过圣神之母[3]在巴塞罗那用海螺预言。

若热·亚马多重新创造了巴伊亚，而在最近几十年中，这个新巴伊亚的文学疆域正在不断扩大。倘若说文学能够定义一座城市，若热·亚马多便是最好的例子。我在柏林见到的那些吹着弓形琴、跳着巴西战舞的金发少年也许从未读过亚马多的作品，但是这种风格独特的体育舞蹈

---

[1] 源于非洲的一种巴西舞蹈形式，介于舞蹈与武术之间。
[2] 非洲宗教中的神。
[3] 坎东布雷教中的女祭司。

之所以能为世界知晓，却至少有他的一份功劳。当他们接触到这位巴伊亚作家时，一定不会感到陌生，而是会有一种似曾相识的感觉。

身份并不为出生或者护照决定，而是由每一天的生活构成。而阅读就是毫无风险的生活。我知道，阅读亚马多已经使我变得有些像巴伊亚人；我也能够肯定，许多读者都与我有同样的感受。

在《混血儿波尔西翁库拉如何放下死者》中，亚马多以简单感人的方式重申了他之前作品里业已表达的观念。

在这篇小说里，我们看到了对妓女与流氓的歌颂，看到了幽默、讽刺与酒神祭的狂喜。而这一切都压缩在了短小的篇幅之中。倘如亚马多只写过这一篇文章，他当然不会停止写作，但是通过这篇小说，已经能够猜到亚马多文学中的根本特点。

从结构上看，这篇小说就好像一部成人童话。身为妓女的面纱玛丽亚扮演了天真的公主，而王子一角——事实上稍微有些对立——则由混血儿波尔西翁库拉充当。他擅长言谈、热爱烧酒,还是令人畏惧的纸牌高手。其他的妓女就好像保护仙女,花了整整一夜缝制婚纱,"这里不是有一大群女人吗,无论妓院里的还是街上的,她们都活了一大把年纪了,难道不能当当裁缝,做一套带有面纱与花冠的婚纱吗?她们很快凑齐了买花的钱,不知从哪儿找来了布和花边,找来了鞋子、丝袜、白手套,居然还有白手套!一样一点儿,还有人拿来了丝带"。故事的最后,面纱玛丽亚嫁给了波尔西翁库拉。他们将永远幸福,因为新娘已经死去。

这篇小说的有效性恰恰在于优雅纯洁以及事实的普遍性。叙述的口吻,小酒馆的聊天,使故事显得简单有趣并能抓住读者。一个故事引出另一个故事,就像小溪汇聚成江河。最终,故事的主流奔腾而出。而像所有的好故事一样,要到最后才能知道。

谢谢你,"爱满多"的若热[1]。

---

[1] 作者在这里玩了一个文字游戏,因为在葡萄牙语中,亚马多的姓氏 Amado 意为"令人喜爱的、钟爱的"。

若热·亚马多

1912—1930

若热·亚马多于1912年8月10日出生于巴伊亚州的伊塔布纳市。1914年,他的父母搬到了伊列乌斯。在那里,他开始学习识字。十一岁时,他在学校写的作文《大海》吸引了老师路易斯·贡萨迦·卡布拉尔神父的注意。卡布拉尔神父不仅借给他许多葡萄牙语作家的书,还借给了他斯威夫特、狄更斯与司各特等人的作品。1925年,亚马多从萨尔瓦多的安东尼奥·维埃拉寄宿学院逃走,穿越巴伊亚腹地来到塞尔吉匹的爷爷家,在那度过了"两个月精彩的流浪生活"。1927年,亚马多还只是萨尔瓦多的伊皮兰加中学的学生,就已经开始为《巴伊亚日报》《公正报》当政治记者,并在杂志《手套》上发表文章《诗歌与散文》。1928年,若泽·亚美利哥·德·阿尔梅达发表小说《甘蔗种植园》。

按照若热·亚马多的说法,这部小说"所谈论的乡村现实之前从未有人写过"。若热加入了反叛者学会,这个团体支持的是"非现代主义的现代艺术"。1929年,亚马多以Y. Karl为笔名,同埃德森·卡尔内罗、迪亚斯·德·科斯塔一道,在《报纸》上发表了小说《莱尼塔》。

1931—1940

1931年,亚马多出版了第一部长篇小说《狂欢节之国》。1931到1935年,他一直在里约热内卢的国家法律学院读书,但在毕业之后从未从事过律师行业。若热认同"三十年代文学运动",同时参与其中的还有若泽·亚美利哥·德·阿尔梅达、拉谢尔·德·盖洛斯、格拉西里阿诺·拉莫斯以及其他关心社会问题、重视区域特点的作家。1933年,吉尔贝托·弗莱雷发表了《华屋与棚户》,对若热产生了深刻影响。同年,若热与玛蒂尔德·加西亚·罗萨结婚,两年之后,他们的女儿尤拉利亚·达利拉出生。1934至1938年间担任若泽·奥林比奥出版社发行负责人。巴西共产党员的身份使他遇到了一些难题。1936

年，若热遭到逮捕，罪名是参加了一年前的共产主义暴动。1937年，"新国家"[1]成立之后，他再次被捕。在萨尔瓦多的公共广场上，他的作品被焚毁。

1941—1945

1941年，"新国家"正值鼎盛时期。若热·亚马多追寻路易斯·卡洛斯·普莱斯特斯的足迹前往阿根廷与乌拉圭。1942年，亚马多为其撰写的传记《路易斯·卡洛斯·普莱斯特斯生平》在布宜诺斯艾利斯出版，后更名为《希望的骑士》。回到巴西之后，亚马多第三次被捕，并在监视下遣返萨尔瓦多。他开始为报纸《晨报》撰稿，成为了巴西共产党所办的《今日》日报的主编，并担任巴苏文化中心秘书。1942年，亚马多重返《公正报》并撰写专栏"战争时刻"，一直到1945年战争结束。1943年，在他的作品被禁销六年之后，《无边的土地》出版。1944年，

---

[1] 1937至1945年，热图里奥·瓦尔加斯在巴西推行的政治体制，主要特点为个人集权、民族主义、反共产主义等。

亚马多与玛蒂尔德·加西亚·罗萨离婚。1945年，同圣保罗的泽利亚·加泰结婚。同年，巴西共产党将他选举为国会议员。《无边的土地》则由阿尔弗雷德·克瑙夫出版社在纽约出版，拉开了在全球发行亚马多作品的序幕。

1946—1950

1946年，作为国会议员的亚马多递交了保证宗教自由与巩固著作权的提案。1947年，巴西共产党被宣布为非法党派，不久之后，亚马多的职务被撤消。同年，泽利亚·加泰的第一个孩子若昂·若热出生。1948年，由于政治迫害，亚马多自愿一人流亡巴黎。警察闯入了他在里约热内卢的家，拿走了他的书籍、照片以及文件。泽利亚与若昂·若热启程前往欧洲与作家团聚。1950年，亚马多的大女儿在里约热内卢去世。同年，亚马多一家被政治警察驱逐出法国，搬到捷克斯洛伐克的作家联盟城堡居住。他们前往苏联和中欧旅行，与社会主义制度的联系愈发紧密。

1951—1970

1951年，若热·亚马多在莫斯科接受了斯大林奖。女儿帕洛玛在布拉格出生。1952年，亚马多返回巴西，居住在里约热内卢。在麦卡锡主义期间，亚马多及其作品被禁止进入美国。1954年，亚马多当选为巴西作家协会主席。1956年，他宣布退出巴西共产党。1958年，随着《加布里埃拉》的出版，作者拿到了多项大奖并进入了新的创作阶段，其中种族与宗教融合的探讨为这一时期的主要标志。1959年，亚马多在阿佛亚之家接受了"奥巴·阿罗鲁"头衔[1]。尽管他是一名"坚定的唯物主义者"，但赞美坎东布雷教，认为它是一个"欢乐且无罪"的宗教。1961年，亚马多将《加布里埃拉》的电影制作权卖给了米高梅。后者答应为他在萨尔瓦多的红河区建造一座房子。从1963年开始一直到他去世，亚马多一家都住在那里。同样在1961年，他获得了巴西文学院的第23号席位。

---

[1] 坎东布雷教的荣誉头衔。

1971—1985

1971年，亚马多受到宾夕法尼亚大学的邀请，前往美国讲解一门关于他作品的课程。1972年，圣保罗的"皇家林斯"桑巴舞学校以"若热·亚马多的巴伊亚"为主题进行了游行。1975年，由索尼亚·布拉加主演的电视剧《加布里埃拉》在地球频道放映，由马塞尔·贾木斯执导的电影《夜间牧人》也进行了首映。1977年，亚马多在萨尔瓦多接受了阿佛谢[1]荣誉成员的称号。同年，《奇迹的店铺》上映，导演是尼尔森·佩雷拉·杜斯·桑托斯。1979年，由布鲁诺·巴雷托执导的长篇《弗洛尔太太和她的两个丈夫》上映。自1983年开始，若热和泽利亚便部分时间住在法国，部分时间住在巴西。其中若热最喜欢的是法国的秋天，而在巴伊亚，他找不到写作所需要的安宁。

1986—2001

1987年，若热·亚马多基金会在萨尔瓦多成立，标志

---

[1] 坎东布雷教的游行团队。

着佩鲁林诺区的重大变革。1988年,"去去"桑巴舞学校凭借"若热·亚马多:巴西种族的历史"取得了圣保罗狂欢节的冠军。1992年,亚马多在摩洛哥参加了名为"融合:以巴西为例"的第14届阿斯拉哈文化节,并到维也纳参加了世界艺术论坛。1995年,亚马多获得卡蒙斯奖。1996年,在经历了几年前的肿胀与视力下降之后,亚马多又在巴黎患上了肺部水肿。1998年,作为荣誉嘉宾参加了以巴西为主宾国的第18届巴黎书展,获得巴黎第三大学与里斯本现代大学荣誉博士称号。在萨尔瓦多,佩鲁林诺区的各个广场都以他作品中的人物命名。经过不断的住院治疗,若热·亚马多于2001年8月6日与世长辞。

安德烈斯·桑多瓦尔，1973年出生于智利，三岁时随家人一道前往巴西。1999年由圣保罗大学建筑系毕业。2001年参加了布拉迪斯拉发插画双年展（斯洛伐克）与蒙特利尔书展（法国），并由此开始插画事业。2006年起开始为《皮奥伊》杂志的"转角"栏目配图，2007与2008年分别在巴西雕刻馆与弗罗伦斯·安东尼奥美术馆举办了一系列纸艺作品展。为多家出版社的书籍配图，其中包括大众语言出版社、长颈鹿出版社、34号出版社、文学公司出版社与科萨克奈菲出版社。

若泽·伊杜阿尔多·阿瓜鲁萨，1960年出生于安哥拉万博。曾在里斯本学习林业学与作物学。其出版的长篇小说中最重要的是《混血国度》《果阿的外乡人》《那一年，妖精占领了里约》。她也创作中篇小说、短篇小说、诗歌与戏剧。其作品被翻译成十六种语言。她是安哥拉作家协会成员，常在安哥拉、巴西与葡萄牙之间往返。2006年，同功瑟桑·洛佩斯与法蒂玛·奥德罗一起成立了巴西大众语言出版社，为广大葡语作家服务。

玛丽安娜·亚马多·科斯塔，1972年出生于里约热内卢，是若热·亚马多的外孙女。曾在马兰尼昂、巴西利亚、巴黎与罗马居住。重新回到巴西之后，在里约热内卢居住。毕业于里约州立大学传媒学院新闻专业。现居住于圣保罗州内陆。

樊星，2011年毕业于北京大学外国语学院葡萄牙语专业。现为巴西坎皮纳斯大学（Unicamp）文学院硕士研究生，以若热·亚马多为主要研究对象。译有保罗·科埃略《魔鬼与普里姆小姐》、何塞·曼努埃尔·马特奥《看情况啰》、斯蒂芬·茨威格《巴西：未来之国》。

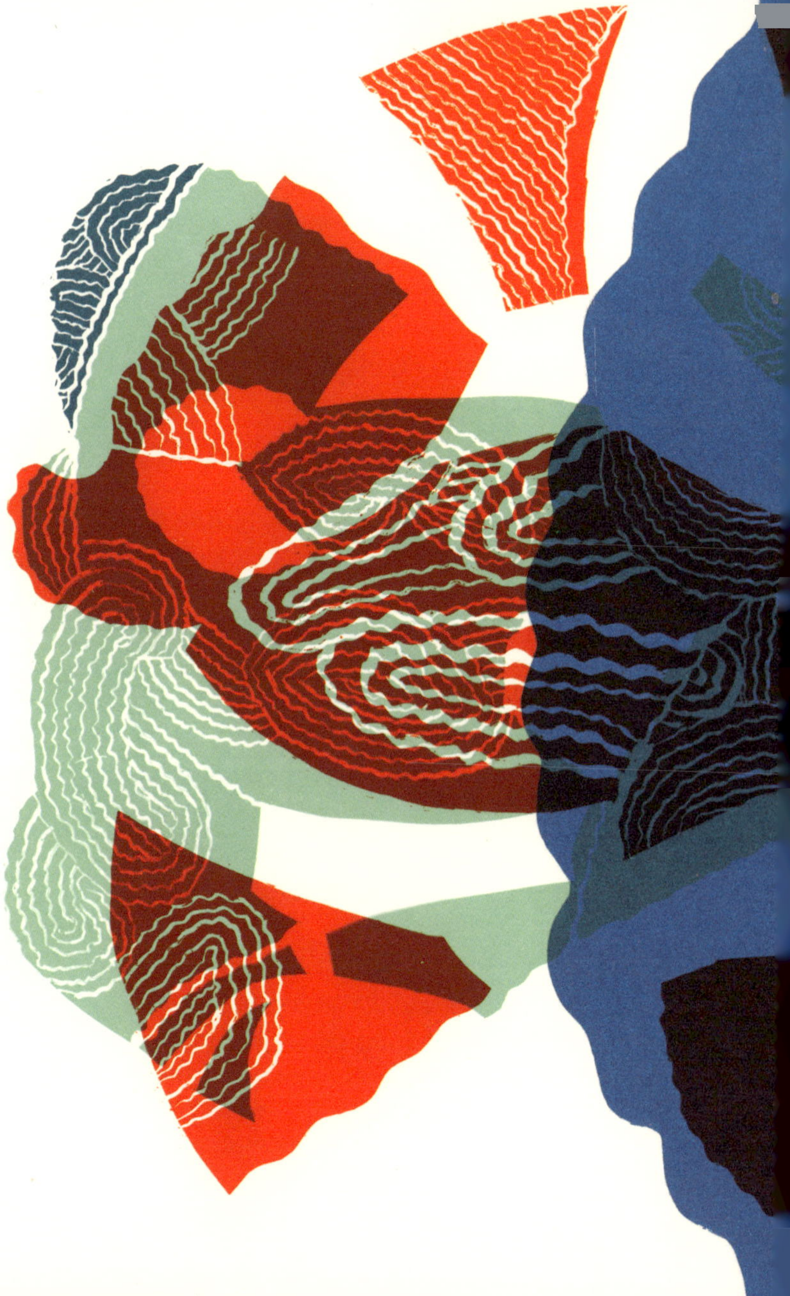

著作权合同登记：图字 01-2017-3752

Jorge Amado
TRÊS CONTOS ILUSTRADOS
Copyright © 2008, Grapiúna Produções Artísticas Ltda
All rights reserved.

图书在版编目（CIP）数据

三个彩色故事/（巴西）若热·亚马多著；樊星译.
—北京：人民文学出版社，2016
ISBN 978-7-02-011717-8

Ⅰ.①三… Ⅱ.①若… ②樊… Ⅲ.①短篇小说-小说集-巴西-现代 Ⅳ.①I777.45

中国版本图书馆 CIP 数据核字（2016）第 120903 号

责任编辑	朱卫净　彭　伦
装帧设计	高静芳
出版发行	人民文学出版社
社　　址	北京市朝内大街 166 号
邮政编码	100705
网　　址	http://www.rw-cn.com
印　　制	上海盛通时代印刷有限公司
经　　销	全国新华书店等
字　　数	71 千字
开　　本	787 毫米 ×1092 毫米　1/32
印　　张	6.75
版　　次	2017 年 9 月北京第 1 版
印　　次	2017 年 9 月第 1 次印刷
书　　号	978-7-02-011717-8
定　　价	58.00 元

如有印装质量问题，请与本社图书销售中心调换。电话：010-65233595